살리는 공부

지혜사랑 280

살리는 공부

정동재 시집

지혜

시집을 엮으며

문장의 색채를 구하는 분들은 부디 읽지 않기를 권한다.

하늘은 지상에 천국을 건설하려 한다.

좌절하지 않고 열심히 사시는 분들께 이 문집을 바친다.

차례

1부

2부

3부

1부

• 일러두기
  페이지의 첫줄이 연과 연 사이의 띄어쓰기 줄에 해당할 경우 > 로
  표시합니다.

물불우주

불을 불꽃이라고 부른다
물을 물꽃이라고 부른다

불꽃이 피어올라 하늘을 수놓고
적멸의 색깔을 담은 이슬방울로 태어나 난초 꽃 피운다

휘발유 꽃피워 서울에서 동해 가고
물고기 헤엄칠 적당하게 짠 이온수에 발 담근다

돌아갈 때 영혼 한 조각 먼지 한 조각으로 분리될 내가
영혼 한 조각 먼지 한 조각이 만나 불어난 풍선 속 같은

허허로운 우주 공간에

소금 냄새 풍기는 바람 한 자락 들인다

모래 위 발자국과 휩쓸고 가는 파도 소리와
그 사이를 메우는 갈매기 울음소리

이온수 끼얹어진 연인의 깔깔거리는 웃음소리
책장 넘기며 빼곡하게 2023년 여름이 각인되어 남는다

\>
나라는 물꽃이 피고 불꽃이 피는 동안
입술과 입술이 서로를 맞추는 동안

우주가 낳은
나라는 시공간이 물불을 기르는 여행 동안

영혼이

물불로 담은 우주
모두 담을 동안

자아와 그 뇌*

북두칠성으로 첫 단추 끌러 천문을 짓는 영혼의 샘 길어
올려
된장찌개로 밤늦도록 글과 씨름하며 맡긴 지상의 일 퇴
고한다

존 에클스는 뉴런-시냅스, 관찰자(현상계), 양자중첩,
양자결맞음의 도구로
인간의 의식은 양자의식이며 동시에 영혼이라고 말했다

암흑에너지 95% 보이지 않는 손이 천체를 떠받치는 신
명이라는

우주를 항해하며 별들을 수호한다는
그의 상상력에 박수갈채 보낸다

2023년 6월 27일 9시 17분 공감 한 표 추인하여

수고했으니 언제 밥 한 번 같이 하자고 한국인 뇌파 에너
지 그에게 보낸다

그대와 나 보이는 손으로 지구를 떠받치는 담소 나누자

>
불멍 말고 하염없이 꽃멍 때리자

   기왕이면 별빛이 도화가 되는 날이면 어떻겠냐고 감칠
맛 더해
   추신을 보낸다

* 존 에클스, 칼 포퍼 공저 『자아와 그 뇌』. 노벨물리학상 수상자.

꽃 피는 이유

꽃잎이 화려한 이부자리 같다

속물 태평하게 꺼내 놓고 있다

벌 나비 거들고 있다

암수 간의 일이란 게

본디 음란하지 않은 일이어서

벌건 대낮에 벌겋게 벌어지는 일이라서

모두 도시락 싸 들고 가는 꽃구경이라서

때마침
붉게 피어오른 그녀가 거추장스러움을 벗어던진 일이 떠
올랐다

벌겋게 달아오른 몸뚱이와 영혼에 가득한
꿀을 빨다가

나 또한 평생의 영혼과 몸뚱이가 모두 다 빨려 나간다

\>
너는 내가 되고 나는 네가 되는
남자로 태어나 온전한 여자가 되어버리고 마는

입덧을 대신 해주기도 하고
좋은느낌 순수를 사러 기꺼이 편의점으로 달려가기도 하는

꽃 피는 이유

새가 내게 묻다

새소리 들렸다

새가 울었다

새가 웃었다

아주머니 새가 우는 걸까요? 웃는 걸까요?

아주머니가 웃었다

나도 웃었다

하늘로 오르는 엘리베이터 안

외계에서 이사 온 상추 한 두름

방긋 안긴다

나의 준공검사

76세를 광속을 가르며 달려온 속도는 노익장 빚어낸 운
전 비결이다

이판사판 공사판이라며 그의 손에 들린 삽날이 시퍼렇다
더 이상 물러설 곳이 없어 오죽하면 그랬겠냐만
갑도 아닌 정이 쇠망치 맞을 짓 골라서 하고 있다

안녕이라고 말하지 말라는 가사*는 이별을 예감한 청탁
같아서

소화하기 힘들어 버벅거리는 몸속 활명수의 익숙함 같아서

안녕히 계세요, 안녕히 가세요, 밤새 안녕하셨냐는 말을
불쑥 나오는 트림처럼
함부로 하지 못했다

제한 속도 100을 알리는 고속도로 표지판의 민낯은
옹골지게 맘먹으면 갈 수 있다는 저승 문턱 실마리 풀어
놓는 짐 보따리 같은 것이어서

망설임을 얼른 대신 가져다주기도 하는데

>
도로공사 중이라는

집으로 돌아오는 길에 맞닥뜨린 정체와 씨름하며 바뀐 행선지에 대해

이승도 저승도 공사판이라는 빛을 초월한 메시지가

반쯤 환해졌던 나를 마저 깨버리고 있을 때

내가 나의 안녕을 묻는 말이 정녕 무슨 의미가 있겠냐는 사탕발림조차도

발걸음 돌려 다시 그녀를 찾을 때

슬슬 준공검사 준비했는지도 모른다. 나를

* 이승철 노래.

파밭

대기 중에서 내연기관도 오장육부도 없이 산소를 숙성시켜 에너지를 생성하는 생명체
또 하나의 우주 스메그마균*을 발견했다고 2023년 3월 8일 네이처는 발표했다

고시 준비한다며 바람난 서방 뒷수발에 화를 못 이겨 오장육부가 다 뭉그러졌을 십여 년
속없이 파밭에 김을 맸을 그녀가 보인다

툭하면 혼이 빠져 넋 놓고 살던 여자가 오늘은 광주리 하나 가득 파를 뽑는다

파밭에 앉아
파고 또 파는 것이 속마음인 것인지 속살까지 다 파헤치는 것인지
간 닢을 게워낸다

그러다가도 덜퍼덕 주저앉으면
파밭에서는 그냥 마냥 살아진다고 했다

극 고온과 극저온을 겪어 저항 제로 양자 터널링 현상을 보이는 초전도체 같아 보인다

>

내연기관도 없는 전기차가 소리 소문도 없이 쌩쌩 파밭을
스쳐 지나가고 있다

* Mycobacterium smegmatis.

진눈깨비

스케치해둔 풍경에 온정은 식어가고 냉정은 더해지는 진눈깨비라고

색감 입힌다

요사이 자주 겪은 눈빛이어서

이참에 흠뻑 맞다가 훌러덩 자빠져 그 속내에 빠져보려 했다

허우적거리다 빠져 죽어보자 했다

입 쩍 벌리고 있는 압력밥솥에 넣을 쌀이 마저 떨어져야 했다

통장 잔고는 마이너스 기록 이미 경신했어야 했다

남은 성깔 다 죽이지 못해

두서너 달이면 겨울 풍경 다 지나간다고 한쪽 다리 떨며 이빨 털며 다시 깐족댄다

>

그녀에게도 이런 생생한 현장 장면은 이미 익숙하게 난
길들임 같은 것이어서
　그녀와 나 사이 리필 되지 않는 차갑게 식은 찻잔이다. 찻
잔이 그려내는 공허다

　공허가

　진눈깨비 속은 오죽하겠냐며
　창밖으로 화제를 돌린다

　온정도 냉정도 정이라고 쓰다 만 화첩에 혁명 따위는 바
라지도 않는다는

　그녀의 을씨년스러운 공허가 연신 퍼즐을 맞추고 있다

별편지

아인슈타인은 복리의 위력을 세계 8대 불가사의라 칭했다

롭 무어*는 최소의 노력으로 최대의 결과 효과 내는 약
을 팔았다
사용설명서 레버리지는 복리에 관한 효과와 부작용을 설
명한다

주먹밥 한 덩이가 구르는 눈덩이처럼 불어나고 임계점을
지나면
복리효과 보는
지구보다 커지는 비현실적인 불가사의한 약을 팔았다

세상은 다행히도 지렛대효과가 있어
시작은 최대의 노력과 최소의 결괏값이지만
나중은 ∞가 된다는 것

나에게 약 파는
내 마음이라는 놈도 그렇다

그녀 앞에 서면 어느새 호수 담은 맑은 눈망울이었다가
견우직녀가 만나는 밤이면 은하수 건너 남모를 사연 찾
아 퍼담는다

>

별똥별이 떨어졌다는 글을 지우개로 지운다

옆에 유성우라고 써진 글도 지운다

저 별도 사람이 그리워 먼저 서신 한 조각 내게 보냈노라
고 다시 적는다

* 레버리지(지렛대효과) 저자.

그녀의 광합성

소금을 다룰 줄 아는 연금술사가 흙 속에 물 길어 올린다
가지마다 빛과 이산화탄소 합성하는 공장들 수두룩하다

광합성은 언제나 옳았다 산소와 푸르름이 눈부시다

쭈글쭈글 간에 절은 배추가 손길을 내밀고
준비된 각종 양념이 꽃단장 마친다

김치는 언제나 옳다

처진 입꼬리 처진 어깨 이끌고 오는 꼰대의 하루도
종일 운동장과 씨름하던 다리 풀린 패자 같은 사내도
귀신아 나 잡아가라며 먼 산 바라보는 대청마루 하품 쏟
는 노처녀의 나른함도
입맛 다시며 한 방에 날려 버린다

늘 소금기에 절은 그녀의 손끝은
한 푼 두 푼 서푼 말하지 않았다
월셋집 전셋집 내 집도 말하지 않았다
자식 여럿 다 분가시키는 뿌리 깊은 그늘 장만하셨다

비록 석산 절벽에 뿌리내려도 물불만 있으면 살 수 있노

라 시던
　풍란 꽃 같은
　그녀의 세월 녹아든 광합성

　오십을 훌쩍 넘긴 사내의 짙은 녹음 쩌렁쩌렁 잇고 계신다

나는 양파망 앞에서 반성하고 또 반성했다

바다에서 끌어올려진 그물망은 큰놈 작은놈 별놈 다 선별 작업을 한다
이 동네 캡틴 마트 구조는 선별을 풀어 다시 한데 묶는 유통망이다

햇 양파망에서 다섯 개 중 중앙에 씨알 좋은 묵은 양파가 떡하니 자리 잡고 있었으므로
내 성품은 그물망 밖에서 잡힌 빼도 박도 못하는 물고기 신세 되어버렸다

고기잡이 방식이 여러 방식이라는 것을 간과하지 말았어야 했다
미리 묶어놓아 도매금처럼 같이 딸려오는 놈들을 특히 경계했어야 했다

도매금 같았던 경각심이 양파망 앞에서 반성하고 또 반성하다가
별반 다르지 않았을 나의 과거 그물망에 대해 다시 경각한다

우주는 물샐틈없이 잘 짜인 누군가의 그물망이라는 것을 일찍이 각성하고도

>

그러므로 언젠가 끌어올려질 것이 빤하다는 것을 쉽게 알
아채고도

영성 없는 물고기처럼 정말 모르는 척 아무런 걱정도 없
는 척 애써 포장하고

세월 앞에 장사 없다는 말로 그물망을 에둘러 표현하기
도 했다

사람 몸은 광속을 절대 거슬러 오르지 못한다는 상대성이
론의 시공간 함수 지표는

또 한편으로

사람 마음은 빛보다 빨라 가끔 별을 따다 그녀에게 가져
다주던 청춘
잠시 되돌려 놓기도 했다

K의 지상천국

컨트리 음악은 화장실까지 흘러들었고 좌변기 올라탄 엉
덩이는 말 탄 엉덩이처럼
　몸의 중심 잡으며 몸을 흔들거렸다

　손과 발 머리 끄덕이게 만든다

　소리의 즐거움을 알아서 우주는 빛으로 파동으로 꽉 찬
거라고 생각하다가

　리듬에 빠뜨려 온몸 흔들어 춤추게 만드는 클럽에 이르
러서는

　그래, 흥이란 저런 것이겠지 생각한다

　용춤도 학춤도 승무도 꼽추 춤도 칼춤도 아닌 것 같다고
하다가

　2002년 월드컵에 전국 천지 흔들던 흥과 춤이 출산율 증
가 이룩했다는 보고서를 보다가

　단언컨대 그 후론 바나나걸의 엉덩이를 흔들어 봐*였다
고 그 압권 몸소 체감한 촉감에 젖다가

>

엉덩이와 엉덩이가 겹쳐진 두 남녀의 전위예술을 생각한다

교성 소리는 오르가슴에 올라 침대 위 세상으로 제대로 터져 나왔음을 엄숙한 생명의 연속성이라고 선포하기도 하다가

철석, 엉덩이 때리는 소리에 응애, 응애 세상 첫걸음 떼는 핏덩이 소리는 너무 신비로웠음을 실감하게 되다가

소리의 위대함에 대해 미처 깊이 생각하지 못하고 있었음을 자백한다

라디오방송 주파수 사이사이 칙—칙 거리는 우주의 소리 다시 떠올리다가

칙—칙 소리는 우주의 일상이었음을 밥처럼 거르지 않고 인식했었음에도

우주의 본질은 즐거움의 연속일 거라며 영원히 춤추는 우주를 생각했다

내내 그 형상을 나는 펜으로 그리지 못하고

>
푹,

먼저 인간을 만들고 노래를 만들어 영원히 우주를 춤추게
하려는 속셈에
빠져버리고 마는 것이다

* 바나나걸의 엉덩이를 흔들어 봐.

칸트의 신 존재 요청

언덕길 끝 앞에서 끌던 두 손이
뒤에서 밀어준 네 손에게 말했다

복받을 거야

뒤따르던 우측에 두 손이

위대한 사람은 위가 지구만큼 큰
사람이라고 말했다

음~ 소리 내며 뜸 들이다가

다른 이의 뱃속에
음식을 저장해 놓는 거라고 말했다

숨어있던 웃음이 다 같이 터져 나왔다

건너 빵집도 복덕방도 갓길에 쉬고 있는 자동차도
귀를 쫑긋 세웠다

식도 어디쯤 걸려버린 칸트를
꺼내 놓고 싶은 낮이었다

>
칸트의 요청을 재고하고 싶은 땡볕이었으므로

한 송이 인간 꽃을 피우기 위해
인간세계, 가을 서리와 같이 내려오신다는 신도
달콤한 열매의 영생도 입을 모은다는 영혼의 신 존재 요
청도
뜨거운 감자다

죄 없을 가로수 천년 세월 버거울 생 앞에서

그만 입을 놀리고 말았다

뭐 대단한 걸 바라는 것도 아니라고 했다

수명만 길어서 빌어먹는 생 보다
위장의 크기만큼 수명을 붙여주면 세상 족할 일이라 했다

태양도 가다 섰다

주문*

　돌이켜 보면 오십 중반의 생 이어온 것은 내가 아닌 주문
이었다

　응애 하며 우는 그 순간부터 나의 주문은 시작된 것이다
젖 달라 씻겨 달라 재워 달라

　짜장 짬뽕 나이키 아디다스 루이비통 에르메스 푸르지오
롯데캐슬 람보르기니 파가니

　능력껏 주문하는 주문의 세계

　더 센 주문을 외려는 사이

　우주가 내미는 주문

　왔으니 돌아가자는 주문

　그런 주문은 너무 싱겁다는 듯

　들을 여력도 없다는 듯

　아랑곳하지 않으면서

\>

영문도 모르면서

내가 내게 들이미는 주문

나를 내놓으라는 주문

* 김필영의 『5분 뚝딱철학』 인용.

참여 우주*
― 인간은 끝없이 시공간에 개입한다는 말 ―

'일론 머스크는 우주는 홀로그램이 아닐 확률은 10억 분에 1의 확률이라고 말했다'

일월도 빈 그림자가 되고 우주도 빈 껍데기가 되어 간다

터널에 들어서자 몬스터가 공격해온다
레벨 80을 만들기 위해 반드시 던전 퀘스트를 끝내야 한다
용들이 화염을 내뿜자 보호구가 녹아내려 더는 버틸 수 없다
캐릭터 부활을 위해서는 현금 5,000원을 지불해야 했다

이내 로그아웃을 한다

터널에서 빠져나와 사각의 링 위에 몸을 쓰러뜨린다
빙의된 용들이 다시 불 뿜는다

눈을 감자 또다시 빙의된 용들이 불 뿜는다

카운트다운 끝나고 쓰러져 잠이 든 듯했는데
용들과 다시 전투 중이다

축하합니다. 5,000원을 지불하지 않고 레벨 업하셨습니다

뇌의 자기장이 무의식 속에서 시공간에 참여할 홀로그램** 완성시키고 있다

* 참여 우주 – 인간은 끝없이 우주 시공간에 개입한다는 말.
** Hologram.

쨱쨱 소리

쨱쨱 소리 들렸다

쨱쨱 소리에 바람이 불고
쨱쨱 소리에 비가 몰려든다

쨱쨱 소리에 해가 뜨고
쨱쨱 소리에 해가 진다

쨱쨱 소리에 입 맞추고
쨱쨱 소리에 몸 맞댄다

쨱쨱 소리에
부러진 나뭇가지도 하늘로 날아오른다

쨱쨱 소리에 알이 부화되고
쨱쨱 소리에 푸르름도 기대고 있다

삶에 지친 자들 잠시 쉬어가라고
쨱쨱 경전 소리 들린다

쨱쨱 소리로 너를 부르고
쨱쨱 소리로 나를 부른다

퍼런 감

주자 선생은 우주가 태극의 이치로 가득 차 있다고 했다
소우주 인간도 양심으로 가득 차 있다고 했다
격물치지에 대동 세계가 들어있다고 했다

앉은 자리에서 천하를 얻기 좋은 설득력을 가져다 준다

나는 늘 누워서 감 떨어지기 기다리는 부류이므로

나의 9할은 게으름 아닌가 생각한다

누워서 감 떨어지길 바라냐는 말씀은

대청마루에 앉아 감 한번 보고 먼 산 한번 보고
그러다 목 떨어질 것 염려된 어느 현자가
차라리 누워서 편히 때를 기다리라는 안부의 말씀으로 해
석한다

모든 일 누워 편히 해결하려 했다

손바닥으로 하늘 가리고 눈 막고 귀 막는 우매함으로 한
가로움을 만들었다

>

살아져 살다 보니 아무리 뜻을 이루려 해도 안 되는 일이
많다

때가 되면 저절로 되는 일이 참으로 허다했다

그리하여
가지 위에 매달린 저 퍼런 감이 나구나 생각한다

2부

살리는 공부

　나의 죽음은 끈질긴 부덕함의 결과라고 K가 말했다
　나의 삶은 끈질기게 부덕함을 두려워함이라고 J가 말했
다. 의역했다

　나의 죽이는 공부에 죽은 자들이 돌아와 끈질기게 나를
죽이고
　나의 살리는 공부에 산 자들이 찾아와 끈질기게 나를 살
렸다. 인과의 법칙이 성립했다

　나의 살리는 공부가 나를 영생에 이르게 한다는 명제가
도출됐다

　죽어도 살지 못하고 죽어도 죽지 않는 인과의 대명제 앞
에서

　석 달 열흘 눈물이 흘러내려

　안부를 묻는다

　거리를 벌려준 해와 달
　거리를 좁혀준 나무와 새들
　옷깃을 스치고 지나간 인연

>
숨 한 모금

모두

사랑합니다

수많은 영혼을 길러 어디에 쓰시려나

밤하늘 수많은 별들이 지구를 지켜주는 동안

사람들은

밤하늘에 반짝이는 별빛 눈에 담아 넓고 깊은
영혼의 샘 기른다

수많은 영혼을 다 어디에 쓰실까 생각하다가
학생부군신위를 꺼내다가

쓰임이 있으시니 다 기르시지 않겠냐고 답한다

천하태평 업어가도 모를 나는 코를 골고 다른 소린 다 못
들어도
아가 우는 소리에 뻘떡 일어나지는 여자가
안 아픈 곳 없다는 애써 할머니 흉내다

슈퍼컴퓨터는 시뮬레이션으로 핵 개발 이스라엘에 선사
했고

우리 부부는 계산적이지 못하고 한마음으로 살았느니

>
갈라지면 남이고
서로 남이었지만

점 하나 빼고 또 빼며
서로 내 님으로 모시고 살았다

30년 세월 밥 차려 받들어 올리랴 애 낳아 길러주랴 같이
돈 벌어주랴
애들도 다 분가시켰으니
남은 생 전업주부나 하시란다

차려진 밥상은 언제나 옳다는 진리의 말씀이
칠첩반상이

혈기왕성했던 실수투성이 인생 만회해 주고 계시다

시

詩를 시라고 바꿔 쓰고 나면

글로 목탁 소리 낼 수 있어 좋다

글로 찬송 소리 낼 수 있어 좋다

글로 그림 그릴 수 있어 좋고
글로 영화 찍을 수 있어 좋다

수작 한 편 쓴 것 같아 다시 살펴보면

정답 없는 수학 문제를 풀다
정답을 못 찾은 것 같아서 좋다

점 하나 찍은 마침표에서
11차원 우주 물리학 이끌어내는 것 같아 좋고

행간 한 줄로 시작되는
천국의 계단 기하학 연결한 것 같아 좋다

부족한 내가 시 한 편 쓰고 나면
부족한 내가 별 하나 그리고 나면

\>
시가 내게

안부를 묻는 것 같아 좋고
서툰 사랑에
서툴러도 된다고 고백해 주는 것 같아 좋다

시 한 편 쓰다 보면
온전히 나를 이끌어주려 하신다

심령술사

병간호 중에 돌아가신 아버지
아버지의 죽음으로 찾아드는 죄책감
마음
이란 게 참으로 무섭다

전자기장의 오류로 연산이 엉켜 팔이 마비되고 모국어를
잃은 딸에게
　뇌 속 뒤엉키게 만든 기억을 체면 치료 대화를 통해 몸 밖
으로 꺼내는 순간

팔과 모국어가 정상으로 돌아왔다고
프로이트는 정신분석학 출발을 공표했다

······를 찍고 일심이라 읽는다

1년이라 쓰고 봄여름 가을 겨울이라 읽는다

심장을 그리고 사지를 그린다

내 마음은 우주고 우주는 내 마음

양심은 춘하추동이어서 나를

농사 중이다

건강을 회복한 그녀가
심기를 고른 그녀가
양심을 다시 찾은 그녀가

다시 머리를 쓰기 시작했다
머리가 가려우면 손으로 긁었다

또 한 번 거듭난 심령술사
세상에 주문을 걸기 시작한다

수리수리 마하수리~
여성 인권 해방을 위한 첫걸음마 노 저으며 바람을 거슬러 오른다

그녀의 정신만큼 법력만큼
마법처럼 세상은 또 한 뼘 바뀔 것이다

태곳적부터 친한 친구

눈 감으면 하루종일 빛을 읽어내느라 피곤했을 반사경이
빛없는 어둠이었음을 느낄 수 있습니다

소리가 온통 저를 에워싸고 있습니다
확연히 커진 소리가 귀의 수고로움 눈도 없이 읽어냅니다

빛과 소리는 그러므로 제게 참 수고가 많았습니다

눈과 귀를 억지로 닫는 저와 눈과 귀를 쉬게 해주어도 되
는 저를 봅니다

그러함으로
밤새 귀를 닫아놓고도 소리를 듣는
제가 모르는 중요함이 저에겐 있나 봅니다

자나깨나 공부 중이라면 저는 이미 삼매에 들었어야 할
경지입니다

오감을 연 채로 닫은 채로

저는 하루도 쉬지 않았나 봅니다

\>
저는 하루도 쉴 수 없나 봅니다

저는 죽어도 죽지 못하는 경지가 분명합니다

뇌의 1% 열어 쓰고 99% 잠을 재우는

저는 살아있어도 살지 못하는 경지가 또한 분명합니다

저는 시인입니다
어느 날 갑자기 누군가의 뒤통수 세게 후려치는 시 쓰기
에 부끄러움이 없어야 합니다

그와 나와 우리는 각자 다른 방에서 버스에서 거리에서
똑같은 신작 시 한 편을 읽습니다

같이 울고 같이 기뻐하는

우리는 태곳적부터 친한 친구입니다

유월 은행나무 옆 측백나무

원리침을 닮은 주목, 구상나무

장침을 닮은 편백, 측백나무

참침을 닮은 소나무

그래서 침엽수라 부르나 보다

태양 쿡쿡 찔러

겨울 산소 공급하는 침 들인가 보다

눈에 뵈는 것이 분명 헛것도 아닌데
멍청한 나만 몰랐을 법한

익숙한 얼굴 저변에 자리했던 갑자기 마주친 낯선 얼굴
이라니

눈보라를

너님들은 푸르러서 대신 막아주고 있었구나

\>

너님들은 푸르러서 대신 막아주고 있겠구나

유월 은행나무 옆 측백나무 옆에서

나도 나님이 되고 싶었다

오십오

누군가의 일생은
세상 사람 다 살리려 했다

일대기에
마음이 살아났다

살아난 거냐며
살길이냐고
나는 아직 용서하지 못했는데
너는 회개하였으므로 벌써 구원받은 것이냐며

밀양* 전도연 한 맺힌 세상 구제가 웬말이냐고 종주먹 들
이댄다

일대기에 기댄 새싹 청춘 기약 못할 봄날을 기다린다

누군가를 기다린다는 것은
더는 기대하지 말라는 유언처럼 다가올 때 비로소 완생을
낳기도 하고
화장터 커피 맛이 떠오르지 않아 가물가물해지기도 하고
브래지어 착용 중인 그녀에게 엉덩이 흔들어보라는 입놀
림은

여전히 늙은 여자 건드리는 거 아니라는 불문율에 궁색한
출처 찾곤 한다

　　살린다는 것과 살아난다는 것에 대하여
　　오십오 즈음
　　매일같이 다시 복기되는 오십오

　　봄날을 고대한
　　마음과 몸은 한집 식구였으나
　　제 집안 단속하나 하지 못한 죄책감이

　　덜컥, 사방 암흑 연출한다

* 전도연 주연의 영화 제목.

카레 금기 오름이 던진 메시지

그 순간 소름 돋았고 며칠 전부터 여기저기 열꽃이 피었
다는 피부의 말을 듣고

천추혈에 시침이 시작된다

열 오름 낮추기 위한
시침은 계속 혈 자리 찾아 옮겨 다니고

심장이 기억한 기록 지우려 애쓰고 있다

열무 비빔밥이 문제였나 봅니다
좋아하시는 카레밥 마찬가지 열이 많아요

쑥뜸 피어오르는 동안

금기처럼 입 밖으로 차마 꺼내 나열하지 못한

5년째 아들 노릇 제대로 하겠다는 취준생도 속을 끓이는
고3 딸 열꽃 핀 얼굴도
꼰대의 처진 어깨도
스르르 찾아드는 잠과 함께 스르르 사라진다

>
콧구멍 비집고 나온 코골이가
병상 주변을 시끄럽게 장악하고 있다

마나님 전 상서

나무 끈에는 나무의 영성을

새 끈에는 새의 영성을

원숭이 끈에는 원숭이 영성을

사람 끈에는 사람의 영성 불어 넣는다는
천지신명께
이십 년 세월 빌고 빌어 자식 하나 타냈다는 할미

칠성전의 현몽 받고
이름 붙였다는
칠성이

칠성이 친구 순자

말자 친구 용자

용자는 용 꿈 받고 태어났다는데

봉자는 봉황 깃들어 붙여준 이름이라는데

>
개똥이 새똥이는 귀신 붙지 말라고 붙여준 태명이라는데

초끈이론*도 암흑에너지도 이미 다 섭렵하셨을 조상님
께 아버지께
물려받은 이름

동재東宰
태평천하 이룬다는 재상 재자 어이할꼬

어젯밤 주신酒神에게 홀라당 빼앗긴 몸과 마음이 빚은 벌
건 대낮과
머리 숙이며 오늘의 간절함 모두 모아 두 손으로 싹싹 비는
마나님 전 상서

* 미시세계 소립자는 점이 아닌 끈이라는 이론.

DNA

태양은 이글거리고 제일 먼저 H 두 개와 O 맺어주면 물
은 수월할 것이다

벼락을 내려 양자 중첩* 패턴으로 기억을 복제해 여러
세포 배양하고

후일 나와 무에 적용하여 합성하면 새 날아들 것이고

농익은 감이면 긴 겨울난 둥지 부화 꿈꿀 것이며
뱀의 갈라진 혓바닥소리 쉭~ 쉭~ 찾아들게 할 것이다

모두가 생명을 다하니 열매는 달고도 달아 가히 끝날 줄
모른다

생명의 출발점은 RNA라 하겠으나

우리 만남은 수학의 공식 종교의 율법 우주의 섭리
전 세계 미디어가 DNA**를 송출한다
자유의 여신상도 파리 에펠탑도 로마의 광장도 모두 춤
추고 있다

* 양자역학.
** 방탄소년단 노래.

무無라는 모순

우주의 신으로 불리는 힉스*는 이렇게 말했다

우주 시공간 휘게 하는 나의 권능으로
중력을 만들고 만물의 이름 부여했음을 너희들은 아는가?
그러므로
질량(에너지) 보존의 법칙 속에서 태워도 사라지지 않을
것이며 그대들의 수명은 추억과 함께 영원할 것이다

2023년
힉스는 권능을 잃었으므로 이제 모든 우주는 점점 사라
질 것이라고
LHC** 콘퍼런스가 그의 신권에 도전장 내밀었다

보이지 않는 검은 손이 힉스를 둘로 해체시켜 발생한 사
라진 우주 데이터
실험 증거를 내밀었다

암흑에너지가 우주 가속 팽창을 계속하는 한
별들은 소립자가 될 것이다. 게다가

질량에너지 값을 잃은 소립자
우주를 빅뱅 이전 무無 상태로 되돌리는 여집합으로 충

분하다

　식은땀 흘릴 지구 주판알 튕기며 나는 바라보고

　기억의 뒤편에 보이지 않게 서 있던 무無가 어느새 기억
의 앞 편에 서성인다
　너와 내가 포옹하며 하나가 되는 모습은 1+1=1이라는
수학적 모순을 낳는다

* 모든 입자에 질량과 정보 데이터를 부여하는 소립자.
** 대형 강입자 충돌기.

벤치

복지 콜 원스톱 노인센터가 1톤 박스차에 실려왔다
센터는 아파트에 쭈글쭈글해진 가죽만 남은 인사 모셔가
기에
오늘도 여념이 없다

거품 먹은 물 연신 흘러내리고
강변 봉고차 베드신 연출하는 침대처럼 흔들거린다

욕조 속에서 갓 태어난 아이의 얼굴로 휠체어가 걸어 나
온다

산파는 떠나가고 산실 산파의 노고가 나를 파고든다

돈 주니까 하는 거지 설마 자식들이 없겠냐는 뻔한 노고를
뻔뻔하다는 듯 쳐다보다가
세상 다 정치놀음 아니겠냐며 품안 떠나 창당에 나선 자
식들을 떠올린다

벌겋게 이글거리는 태양의 속내 빤히 들여다보는 오전 벤
치가
어리석음은 어리디어린 철부지 아이의 모습이라고 얼버
무리다가

혼자 또 적적해질 것이다

복지 콜 원스톱 노인센터 앞에서
벌겋게 달아올랐던 담뱃불 서둘러 비벼 끈다

태양을 멈춰 세워야 한다

나의 전생은
지나치는 아지매 품에 안긴 하얀 털의 개 같다

나의 과거도
물고 물리는 개새끼의 생 그 연속이다

오늘을 개처럼 일하게 할 뜨는 태양이 개다
오늘의 지는 태양이 꼬리 내리는 역시 개다

태양은 해바라기 만드는
밥그릇이 경전되게 하는 개 같은 견생이어서

우리는

개같이 벌어서 정승처럼 쓰자 했지만
일생 개집에서 벗어나지 못하고 쭈그리고 잠든 개새끼였다

태양 같은 주인님 앞
손 내밀어 악수도 하고 앉아 일어서기를 반복하고

기라면 기고 짖으라면 짖고
낯선 사람의 출현에 사나운 개처럼 짖어야 했다

\>

가진 것이 적어서
낯익은 사람에게도 사납게 짖어야 하는 개처럼 살았다

별빛에 사람이 영글고

기실은 우주는 사람 말씀 놓치지 않고 귀담아듣고 계신다

적어도

태양을 멈춰 세워야 한다

벤치를 향하여

나비처럼 날갯짓하는 나뭇가지 지켜보던 벤치가
팔랑팔랑 바람이라고 이름 바꿔 불러보다가

지는 태양, 떠오르는 태양의 어깨 감싸주며 희희낙락하
는 모습
시선 고정하고 따라가다가
시선을 놓쳐버린다

시선 당겨 다시 제자리

항상 제자리는 아빠의 자리였고 아이들 엄마였다

아이들이 없는 빈자리 들어앉은 그리움은
바람 앞 들불처럼 번져 소 돼지 때려잡고
산도 다 태우고도 남지만

눈 지그시 감으며 냉정 다시 들어 앉힌다

엘리베이터에서 내려 현관문 열고 들어간 벤치가
바보상자 속으로 들어가 바보가 된다

벤치의 나 몰라라 가 빚어낸 바보가 난 참 바보처럼 살아

군요
  노래 흥얼거린다

  곧 다 되어 갈 퇴물을 벤치라고 굳이 이름 지어 부르는 건
  그는 누구든 가리지 않고 제 몸 내어줌 때문이다

  해 뜨면 모닝커피 손에 들고
  또다시 벤치를 향할 것이다

마음에 어떤 님 한 분 사신다

해가 갈수록 나의 일생은
마음속 누군가의 지시를 받았다

머리로는 이리 가자 하지만
마음은 저리 가자 하신다

어떤 님 한 분 떡하니 자리 잡고 계신다

담배꽁초 함부로 버리지 말라고 하신다
가래침은 더더욱 뱉지 말라고 하신다
차든 사람이든 무단횡단하지 말라고 하신다

언덕길 손수레 밀어주라 하신다
미련한 소처럼 느릿느릿 가자 하신다

내 마음속에 번개와 천둥이 사신다
가뭄에 비 내려 만물을 소생케 하시고
겨울엔 주의 깊게 주변을 살피라 하신다

버스 창밖 황무지 개간해 소년 소녀 가장 돕자 하신다

너는 늘 하나님의 어린 양 되라고 하신다

너는 늘 부처가 되라고 하신다

남녀가 분별하니 의관을 갖추라 하신다

어떤 날은

심히 크게 울부짖으신다
석 달 열흘 크게 울부짖으신다

다 네 탓이라 하신다

그러므로

다 내 탓이오 하신다

양심은 천문과 같아서

양심은 천문과 같아서
천문을 살피면 양심을 만날 수 있다고 그가 말했다

한결같이 말하는 그를 양심의 소리라 불러야 할까 잠시
망설이는 동안
봄이 오고 여름이 오고 가을이 왔다

씨앗을 항아리 속에 잘 갈무리해 놓고 생각한다
자연에 소리는 살아가는데 유용한 지혜의 말씀이다

옹기종기 모여 이것저것 나눠 먹다 보니
성선설의 창시자 맹자의 인의예지신 굳이 되뇔 필요가 없
어졌다

달력의 마지막 장 열자 12월 천문이 보인다
반가운 흰 눈이 아이들 손을 잡고 쪼르륵 달려올 것이다

위대한 점심

　막간을 이용해
　기를 모으면 살고 흩트리면 죽는다는 표현은 의학용어인
가 출처를 추적하다가

　발표된 경상수지 성적표 보고 기가 막혀 죽겠는데
　내일이면 다가올 미래가 암울해 보이기 시작하는데
　기다리던 낙지 한 마리 척하니 올려진 짬뽕이 나온다

　복많네* 짬뽕은 참 기가 차게 맛있다고 생각하는데 김이
모락모락 승천하는데
　국물이 기가 막힌다는 감탄사가 옆에서 터져 나온다

　기가 막히면 죽는 것인데 그의 표정에서 반어법 찾아내
고는
　기가 막혀 죽겠을 우리의 경기 환히 밝아지겠구나 생각
한다

　기똥차게 맛있다는 말이 어디선가 귀 잡아채며 시비를 건다

　기가 차서 아무 생각도 나지 않는 나를 짬뽕 앞에 잠시 멍
하니 세워두다가
　기가 잘못 차면 기고만장해지고 머리에 똥도 찬다는 말

떠올린다

　짬뽕이 입으로 들어가는 건지 콧구멍으로 들어가는 것인지
　분간도 하지 못하는 경기민감지수에 똥 찼으려나 생각하
다가
　똥 싸자 물고기 됐다는 도술 설화가 얼마나 맛있으면 먹
자마자 똥 됐을 합성어 만들어낸다

　짬뽕 주문에 짬뽕이 나온다는 자명한 사실과
　짬뽕 한 그릇에 기가 살고 기가 죽는 것에 대하여 곱씹는
위대한 점심이라 자칭하다가

　어쩌면 먹고사는 일은 먼저 남에게 내밀 메뉴판 되는 일
이겠구나
　큰 눈 껌벅이는 소처럼 다시 되새김질이다

　* 음식 체인점.

텔레비전 앞에 앉힌 새 식구

돌멩이 한 개가 나를 쳐다본다
무심히 서 있던 나를 조명한다

맨몸뚱이로
내게 들이대는 것인지

도심 속 무뎌진 송곳니가
투박한 누드에 반해 끌려가는 것인지

그도 아니면

돌멩이를 닮은 어떤 초저녁이 그리웠던 것인지
손안에 꼭 들어올 만한 그리움이 그였는지

손안에 움켜쥐고 만다

어제는 보이지 않았던 흙을 밀치고 반쯤 내민
천연덕스러움의 머리를 감겨 텔레비전 앞에 앉혀놓는다

그곳은 또 화분 몇이 수다 떠는 장소 옆이기도 해
그들의 이야기 도란도란 다 들어줄 분위기여서
어느새 한 식구 새 가족 같다

>

티브이 전자파에 노출된 뻘겋게 충혈된 실핏줄 말없이 지켜보다가

문득문득 차가운 물수건 한 장 덮어줄 것 같다

3부

돌의 세계 일주

1% 영감과 99%의 노력이라는 말은 발에 차이는 흔한 돌이다

날아와 머리통 후려친 이 돌이 내 인생의 시발점이다

정확히 1%의 영감이 그 돌이다

홍익인간 뜻 받들어 돌들을 이끌고 가 산업혁명 도화선이 되었을 돌

서양에서 다시 제집으로 찾아들었을 돌

하느님이 보우하사 정동재 만세라는 돌

지구를 말안장에 앉힌 강남스타일이라는 돌

세계를 들었다 놨다 하는 BTS 블랙핑크 기생충 오징어게임이라는 돌

한국어가 세계 공용어가 될 것이라는 돌

하늘이 내리셨다는 한글이라는 돌

\>

김치 깍두기 비빔밥 불고기 천국의 맛이라는 돌

문화강대국이 곧 일류국가라는 김구라는 돌

더딘 세상

원수도 사랑해 준다는 명부冥府전에 복덕을 빌어줬다는
명복이라는 돌

내가 만든 선방仙方

'2021년 구글과 스탠퍼드 대학은 양자컴퓨터 내에서 시간 결정(타임 크리스틸)을 0.1초 구현하는데 성공했다* 이로써 에너지 흡수 없이 영원히 살 수 있으며 불치병 치료, 순간 이동도 가능하다고 그 가능성을 발표했다**'

뇌 깨워 구글처럼 살아야 한다

조금 늦었지만 뭔가 발표해야 한다

해탈과 우화등선이라 쓰고 양자 간의 패턴 맞춘다
왕생극락과 지상천국이라 쓰고 양자 간의 패턴 맞춘다

완성된 타임캡슐의 등에 올라타
천상과 지하의 경계 허문다

인간이 우주 역사役事의 중심에 선다

별도 달도 구름도 바람도 모두 사람 귀한 줄 알아 늘 사계가 선선하다

선방仙方이 따로 없다

* 네이처 표지모델로 실리고 최준희, 최순원 박사가 2017년 시간 결정 특수 상태를 구현했음.
** 2021년 발표.

단청 보다가 구구단 왼다

처마 끝 단청 보다가 구구단 왼다

나를 보던 단청도 구구단 왼다
삼각형 내각의 합은 $180°=1+8=9$
사각형 내각의 합은 $360°=3+6=9$
오각형의 내각의 합은 $540°=5+4=9$
반원의 내각의 합은 $180°=1+8=9$
원의 내각은 $360°=3+6=9$

별의 집은 오각형
별이 깃든다

한 점 속으로 우주가 든다

한 점 속에서 나온 우주가
단청을 친다

눈 비비며 일어나 붉게 꽃 핀다
바삐 행장을 차리며 푸르게 꽃 핀다

연산자 들이대며 구구단 왼다

\>
하나 둘 하나 둘 둘둘 셋 둘
옹기종기 모여 유치원 간다 학교 간다
병원 간다
별들은 속으로 구구단 왼다
구구단에 맞춰 총총걸음으로 간다

총총걸음이 법당에 든다
엎드린 비구니의 두 손에 연신 꽃송이 편다

신성한 동아줄

우주를 쪼개고 쪼개면 한 점이 아니라고 했다

칼로 물 베는 부부 싸움처럼
끈끈하게 맺어진 끈이라고 했다

청실홍실로 엮어지는 울고 웃으며 빚어지는 한 가족 운
명체

중력 약력 강력 전자기력 체내에 조화 이룬 우주에 가득
한 원자들

지구에는
병마 쫓아내는 약손 엄마 손
손이 만개가 되게 하는 돌림병 앞 의인의 꿋꿋한 영혼

평소에는 새까맣게 까먹고 살아도
눈에는 잘 보이지 않아도

빅뱅이라는 한 점 출발이라 가정하여도

우주를
한 가족을 쪼개고 쪼개 한 점으로 만들려 해도

>
천지간은 병마를 물리치는 신성한 엄마 손투성이라서
신성한 동아줄이라서

밥은?

CNN 설문조사에서 근대역사상 가장 영향력 있는 인물 1
위는

법질서는 부자들의 체제 유지 도구로 이미 예전에 전락했
다고 했다
맞벌이 도시노예도 결국 노예의 굴레 벗지 못하는 체제
를 비판했다

그는

철학이 구축한 이상 세계 형이상을 현실 세계에 구축하
려 했으나
오직 혁명뿐이라고 했으나
인류 삼분지 일이 그의 혁명에 참여했으나
인간들의 욕심은 그의 사상을 송두리째 무너뜨렸다
역사서의 동유럽 지도가 바뀌고 있다

먼저 정신개조를 시켜야 했다

콩 반쪽도 나눠 먹는다는 사람 사는 세상의 정을
한없이 자유로운 마음의 정처 있음을
공평 분배로 오독하지 말았어야 했다

>
정신이 없으면 광인이거나 사멸하고 만다는 사실을
처방전을 유물론으로 오판하지 말았어야 했다

구속되지 않는 자유자재 양심을 그려내는
머리와 심장에 고속도로가 나 있었음을
정감 있는 세상을 푯대로 내세웠어야 했다

매도 먼저 맞은 놈이 발 뻗고 잔다는
개과改過하면 족하다는 말과
인간개조를 인간완성을 전인교육을 멀리 돌아서 찾지 말
았어야 했다

예컨대

밥은?
짧은 그 안부의 말씀이 인두겁조차 사람을 만든다

내게도 혁명이 시작됐다

들녘에 뿔난 소처럼

쟁기질 중인 저 소는 순백의 화합물이다

등짐을 벗고 화합물에서 벗어난 시간
밤별을 외양간에 들이고 앉아
또다시 뿔난 황소의 전진 되새김질이다

염소 질소 수소 산소도 일심동체가 되고 싶었던 게다
사실 소였던 게다

굴레 쓴 소처럼
들녘을 가로지르는 뿔난 소가 되고 싶었던 게다

미세먼지 가득한 이 도시 저 산야에서
대기를 가르며 올라 구름으로 쟁기를 끌었던 게다

하늘 이야기 눈비로 써 내리며
사람 사는 이야기 늘 같이하고 싶었던 게다

자본시장에 나타난 새 상품 물결*

줄을 서시오! 손 줘야 입 벌리는 순번 대기표
 잠시 손안에 친구가 되어 주겠다는 일회용 커피와 음료
수 캔
 안녕히 가시라는 듯 악수 청하는 영수증, 실은

갑 중 갑이다

 차곡차곡 환경 호르몬을 몸속에 저장하라 주문하지 아니
한다
 행복하게 살고 싶으면 줄을 잘 서라고 갑질이다

 갑질하지 못해 안달이 난 거리는
 눈빛만으로 눈을 깔게 할 새로운 기호가 필요했다

 루이비통 가방을 걸친 개미허리가
 먹고 남은 종이컵을 물어뜯는다

 에르메스로 도배한 또 다른 잘록한 허리가 낚아챈
 우람한 사내를 응시한다

 뻔한

>

새롭지 못한

거리가 가져다주는 풍경에 신물이 난 권태가
지구를 응시한다

지난한 권태 끝에 매달릴 누군가를 빠르게 준비한다

일단

지구라는 놈을 코팅해 버리자

* 김필영의 『5분 뚝딱철학』 인용.

사랑의 배터리

중국을 살리기 위한 희토류가 황사의 꼬리를 물고
여름 가을 겨울 하늘을 마저 물들인다

지구를 살리기 위해
지구의 머리를 먼저 매만졌다는 300인 위원회* 투기꾼
소식 한 줄

1, 2차 대전의 배후세력이 나타났다는 저널리스트의 강
변이 침을 튀고

튀긴 침이 일으킨 불똥처럼

페트로 달러의 붕괴를 막기 위한 철옹성처럼

골드만삭스 제이피모건 모건스탠리가
코스피지수를 뻘겋게 퍼렇게 물들이고 있다

IRA**, CRMA*** 법안이 통과되고 연이어
지구를 살리기 위한 산소 지킴이를 자처하고 있다

전기차만이 살길이야

\>
아니 미국이 살길이지

아니 대한민국이 살길이지

배터리는 사랑이에요
지구를 구해낼 듯이
사랑의 배터리를 미친 듯이 외치고 있다

* 존 콜먼 300인 위원회 원제 The Conspirator`s Hierarchy The
  Committee of 300.
** 인플레이 감축법.
*** 유럽 원자재 법.

L-글루탐산나트륨이라고 불러줘

'미국 식품안전국 세계보건기구는 두통 현기증 메스꺼움 홍조 발생을 일으키는 부작용에 관한 인과관계의 증거를 발견하지 못했다며 1962년 이름 붙인 MSG의 사용 허가를 유지한다고 밝혔다.'

2010년 식약처는

MSG를 L-글루탐산 나트륨이라고 부르라 명명했다

MSG에 대한 유해성 논란의 덤으로 유기농 이름표는 제 몸값 부풀린다

새로운 이름 부르자
첫 숟갈부터 그의 과거 읽어낸다

시도 그렇다

특히 내가 그렇다

인위적 위력 몸이 먼저 느낀다

읽을수록 술술 목구멍 넘기지 못한 행간이 입에 걸려 뱉

어진다

　뱉어진 가래처럼 생떼 부리다 누군가의 시간을 갉아먹다가
폐기처분으로 어설픈 죗값 치른다

　힘깨나 들어간 목에 힘 빼라 하신다

　퇴고하고 또 퇴고하라

　검증하고 또 검증하라 하신다

탄소발자국

탄소 저감 효과는 당신의 불필요한 메일함 정리에서 시
작된다는
네이버 이메일 왔다

과학이 질량보존법칙이 체중계에 영혼의 무게 기록하는
사이

라파엘로의 아테네학당에서 플라톤의 하늘 향한 손과
아리스토텔레스의 땅으로 향한 손이 펼쳐낸 상하좌우 균
형과
대칭에서 화가의 공존 읽는다

토마스아키나스의 승리라는 벽화에서
토마스아퀴나스의 발밑과 이슬람 세계의 아리스토텔레스
아베로에스* 머리 위에서 화가의 승리를 읽는다

너 자신을 알라는 문답법을 남긴 소트라테스 남기고

남은 두 개의 그림 중 하나를 휴지통에 넣었다

지구를 위해
내가 남긴 탄소발자국 하나를 지웠다

* 철학과 신학은 적대적이지 않다는 전제에서, 철학의 신학에 대한 우
위를 주장했던 이슬람 세계의 아리스토텔레스였으며 근대 계몽주의
의 인식론적 토대를 제공한 이성주의자.

빈집

가구를 가득 실은 화물차가 벤치의 눈에 들어왔다

옆동 집 한 채 새 식구 들여 새 삶을 시작하려나 보다

전기며 가스며 물이며 하루종일 재잘거려도 그 재롱 다
받아주고
밤이면 품에 안아 고이 재울 것이다

품 안에 자식들 다 떠나갔고

팔랑거리는 나비 한 마리 비껴간다

호랑나비 노래 부르며 춤추며 잘도 피해 간다

내 품이 작아 훌쩍 떠나갔는지 가수 김흥국도 보이지 않고

낮밤의 명암도 바람도 비도 구름도 별들도
요사이 부쩍 피폐해진 안색으로

텅 빈 품 안에 슬쩍 안긴다

엉덩이를 걸치고 앉은 벤치도 자리를 내어준 벤치도

빈집에 한집 식구처럼 모두 모인다

유월

뜨거운 태양 아래 푸르름이 눈부시다

눈이 부신 푸르름에 잠시 아찔해졌으므로

푸르다는 말은 정열적으로 살았다는 말 같았다

붉은 태양 무수히 빨아댔다는 말

내게 건넬 선물이 온통 푸르름이라는 말

쭉쭉 빨아먹고 너도 푸르게 쑥쑥 자라라는 말 같아서

유월은 푸르름에 눈먼다는 말

여자의 일생*

"이름 모를 나무에 흰꽃 만발했다.
열매가 맛을 보여줄 때까지 참다가 이름 불러주기가 어려워
그냥 흰꽃만발나무 라고 이름 붙이고 뒤돌아서며 생각한다.
소강절** 선생은 나를 어찌 부를까?
공전하는 2억 년 태양계 후일 나는 뭐라 이름 붙여줄까?"

해양장이 인천에 생겼다니 얘들아 나는 그곳으로 갈 거야

어떤 꽃피웠었는지 모르게 할 거야

어떻게 꽃피웠는지 모르게 할 거고

서둘러 옷 걸치려는 부끄러움이 가끔 홀딱 벗은 민망함을
힐끗 눈 흘기기도 하자나

그러니 꽃을 피우기는 했는지 왜냐고 묻지도 못하게끔
흔적도 남기지 않아야겠어

해양장은 돈을 사양해 가진 자들에게는 가장 비싼 땅이
거든

>
손 만 개 다리 만 개 눈도 만 개가 되고 싶어

고래 새우 우리 해인이가 좋아하는 밥상에 고등어구이도
피어나게 할 거야

파리 뉴욕 남극 맘껏 돌아다니고 싶어
맨몸으로 하늘과 살 맞대고 마구마구 비비고 싶어

내 스스로 내 마음 달래며 가는 비탈진 운동장의 허덕임
이었음을
아~ 참아야 한다기에
눈물로 보낸 여자의 일생 온몸에 새겨져 보여줄 거야

오뉴월 된서리가 내리고

해수면마저 끌어올릴 거야 여자의 일생

* 이미자 노래 여자의 일생 차용.
** 성리학자性理學者, 상수학자象數學者. 역을 통해 우주 1년을 129,600
   년이라 함.

효孝에게

북두칠성 떠 있다
여전하다

붉은 십자가 떠 있다
여전하다

여자 얼굴값 하는 거라 그랬고 그 사람은
도화살 때문이라고 그랬다

하나도 모르는 게 뭘 까불겠느냐며
층간 소음에 깬 담배 연기가 투덜거리며 허공을 오른다

자 왈 오도 일이관지*를 쓰고 십+으로 읽고는
하나를 들으면 열을 깨치지 못하는 둔재라 변명 중이다

이목구비耳目口鼻 일곱 구멍 주인 행세 총명치 못해
애써 혼내는 중이다

칠성판 구멍 복福 없는 놈은 눈뜬장님
잠들지 못하는 숙면을 청하지 못하는 우주 앞에서 두 눈
만 껌뻑인다

>
십+의 십+이 사람 만든다는 효孝에게
사람 앞길 막아서는 하늘의 심보 요즘은 묻지 않는다

* 공자 말씀, 오도 일이관지吾道 一以貫之.

십+ 또는 씹

초경 비치던 봄밤부터 처녀좌는
소싯적 엄마 품 더듬는다
어학 사전 뒤적여

씹의 어원은 십+의 비속어라며 밑줄 긋는다

네미 씹이다
천문 이야기 낙서가 음담패설이다

십+의 체위 논하면 풍차 돌리기
홀 중앙 들인 오五가 동물적 감각으로 십+을 요리한다

오입五入을 오입이라 단정 지을 수밖에 없다

토끼가 방아 찧는 달이 보인다

뭐니 뭐니 해도 사내는 좆심
달거리 끝나자 오입 중인 달빛이다

치마폭 속
넣고 뺄 때마다 밀물과 썰물 요동친다

＞
우주 조판 간지干支를 낳는 낙서의 현장 목격 중이다

바다의 썹은 생명의 어머니
십오야十五夜 바다 사리를 빚고 있다

오늘의 천지개벽

에너지 불변의 법칙이 블랙홀을 심리한다

모든 별, 운석 먼지 전자 빨아들여 시공간 굴절시키는 왜곡 아닌 왜곡을 의심한다
모든 것 빨아들이며 일을 크게 도모하는 속내를 꿰뚫어 보려는 것

소크라테스는 제가 패소한 것은 말의 부족 때문이 아니고 후안무치의 부족 때문이기도 하지요, 라며 형장의 기록으로 사라졌고

지동설 갈릴레오는 자택 종신형 중에 관성의 법칙을 남기며 생을 장식했다

다만, 발 디딜 곳 찾은 뉴턴의 만유인력 법칙은 거기서 날개를 득템 했다고 점쳐진다

그 점을 잘 들여다보면

지동설이 다시 태양계의 공전을 발견한 인공위성의 만남을 주선했다는 점

\>

　과학은 오늘은 지금 보이지 않는 신의 손이라 명명된 암흑물질 심리 중이다

　오늘은 블랙홀은 죽고 사는 일이 똑같다는 공식을 실현한다
　손에 메스도 들지 않고 늘 영원불멸의 에너지 불변의 법칙을 시술한다

　오늘은 놀랍고 위대하시다

　오늘은 진리에 지극하시다

　죽고 사는 일을 초월한 선구자의 양심처럼
　모든 이치를 모아 크게 여신다

맺음말

자고 일어났더니 평당 85만 원에서 350만 원이 되었다

땅 매입을 하지 못하여 20여 년 가까이 운영한 고물상을 폐업하고 말았다

평생 자영업만 해온 터라 취업 공포증이 밀려왔다

한 달 전쯤 고용보험센터에서 터벅터벅 걸어 나오다 생각했다

죽을 때 죽더라도 남은 생은 하고 싶은 일 하다가 마치고 싶었다

사람부터 되어야 했기에 펜을 놓은 지 7년이 지났다

한 달간 마치 혼수상태처럼 최선을 다해 시집 한 권 엮었다

미흡한 부분은 관용의 덕을 베풀어 주시기 바란다

우주와 인간의 조화를 꿈꾸는 현자의 우주론
― 정동재의 시 세계

권온 문학평론가

우주와 인간의 조화를 꿈꾸는 현자의 우주론
―정동재의 시 세계

권온 문학평론가

정동재의 제2시집을 읽는다. 2017년 첫 번째 시집을 간행한 이후 6년의 시간이 흘렀다. 시인은 이번 시집을 엮으면서 이렇게 진술한다. "문장의 색채를 구하는 분들은 부디 읽지 않기를 권한다. 하늘은 지상에 천국을 건설하려 한다. 좌절하지 않고 열심히 사시는 분들께 이 문집을 바친다." 필자는 이와 같은 그의 진술에서 어떤 단호함을 체감한다. 우리는 정동재의 시가 '문장의 색채'를 지향하는 게 아님을 알게 된다. 그는 독자들에게 '지상'의 소중함을 '천국'처럼 건축할 것임을 선언한다. 시인은 화려한 문장의 기교에 집중하는 대신 삶의 현장으로서의 지상을 뜨겁게 형상화할 것임을 암시한다. 정동재는 노력과 인내로 생生의 과정 자체에서 깊은 의미를 추출하는 인물이다. 시집『살리는 공부』에 담긴 시 세계를 10편의 시를 중심으로 살펴볼 시간이다.

돌이켜 보면 오십 중반의 생 이어온 것은 내가 아닌 주

문이었다

응애 하며 우는 그 순간부터 나의 주문은 시작된 것이다
젖 달라 씻겨 달라 재워 달라

짜장 짬뽕 나이키 아디다스 루이비통 에르메스 푸르지오
롯데캐슬 람보르기니 파가니

능력껏 주문하는 주문의 세계

더 센 주문을 외려는 사이

우주가 내미는 주문

왔으니 돌아가자는 주문

그런 주문은 너무 싱겁다는 뜻

들을 여력도 없다는 듯

아랑곳하지 않으면서

영문도 모르면서

내가 내게 들이미는 주문

나를 내놓으라는 주문

—「주문」 전문

  이 시에는 "주문"이 가득하다. '주문'은 이 작품의 제목과 본문에 도합 11회 출현한다. 시적 화자 '나'가 집중하는 '주문'은 주문注文이자 주문呪文일 수 있다. 정동재는 '주문'을 중심에 두고서 언어의 관현악을 연주하는 셈이다. 그가 실행하는 '주문'의 관현악에서 각별히 눈에 띄는 어휘 또는 진술로는 다음과 같은 것들이 있다. "오십 중반의 생", "응애 하며 우는 그 순간", "왔으니 돌아가자는 주문", "나를 내놓으라는 주문" 등에서 시인은 스스로의 삶 또는 생生을 '주문'의 관점에서 성찰한다. 정동재는 출생과 사망 사이에 위치한 삶의 궤적을 '주문'의 반복으로써 완성한다. 우리도 "루이비통"과 "에르메스"를 실은 "람보르기니"를 타고 신나게 달려볼까?

    쩍쩍 소리 들렸다

    쩍쩍 소리에 바람이 불고
    쩍쩍 소리에 비가 몰려든다

    쩍쩍 소리에 해가 뜨고
    쩍쩍 소리에 해가 진다

    쩍쩍 소리에 입 맞추고
    쩍쩍 소리에 몸 맞댄다

쩍쩍 소리에
부러진 나뭇가지도 하늘로 날아오른다

쩍쩍 소리에 알이 부화되고
쩍쩍 소리에 푸르름도 기대고 있다

삶에 지친 자들 잠시 쉬어가라고
쩍쩍 경전 소리 들린다

쩍쩍 소리로 너를 부르고
쩍쩍 소리로 나를 부른다
　　　　—「쩍쩍 소리」 전문

　정동재의 시를 읽는다는 것은 시의 본질을 확인하는 일과 다르지 않다. 그는 특정 어휘 또는 표현의 반복에 집중한다. 시인은 이 시에서 "쩍쩍 소리"의 반복을 실천한다. 정동재가 선택한 '쩍쩍 소리'는 제목에서 1회, 본문에서 12회 등 총 13회 출현한다. 독자들은 '쩍쩍 소리'의 반복을 경험하면서 시의 음악성 또는 리듬감을 열렬하게 확인한다. 이 시에 제시되는 "쩍쩍"은 단순한 의성어가 아니다. '쩍쩍'이라는 소리는 '새'가 되고 '자연'이 된다. 또한 '쩍쩍'이라는 소리는 '종교'가 되고 '삶'이 된다. 요컨대 우리는 정동재의 시를 읽으며 단순하고 소박하면서도 본질적인 예술로서의 시를 온전히 누릴 수 있다.

　　주자 선생은 우주가 태극의 이치로 가득 차 있다고 했다

소우주 인간도 양심으로 가득 차 있다고 했다
격물치지에 대동 세계가 들어있다고 했다

앉은 자리에서 천하를 얻기 좋은 설득력을 가져다준다

나는 늘 누워서 감 떨어지기 기다리는 부류이므로

나의 9할은 게으름 아닌가 생각한다

누워서 감 떨어지길 바라냐는 말씀은

대청마루에 앉아 감 한번 보고 먼 산 한번 보고
그러다 목 떨어질 것 염려된 어느 현자가
차라리 누워서 편히 때를 기다리라는 안부의 말씀으로
해석한다

모든 일 누워 편히 해결하려 했다

손바닥으로 하늘 가리고 눈 막고 귀 막는 우매함으로 한
가로움을 만들었다

살아져 살다 보니 아무리 뜻을 이루려 해도 안 되는 일
이 많다

때가 되면 저절로 되는 일이 참으로 허다했다

그리하여
가지 위에 매달린 저 퍼런 감이 나구나 생각한다
　　　　—「퍼런 감」 전문

　시적 화자 '나'는 스스로를 "누워서 감 떨어지기 기다리는
부류"로 진단한다. '나'는 자신의 "9할"을 "게으름"으로 규정
한다. '나'에게는 "손바닥으로 하늘 가리고 눈 막고 귀 막는
우매함"도 있다. '나'는 스스로를 "가지 위에 매달린 저 퍼런
감"으로 판단한다. 독자들은 '나'를 게으르고 우매한 사람,
덜 익은 감을 닮은 사람이라고 생각할지도 모르겠다. 하지
만 시적 화자 '나'는 그렇게 단순하게 폄하될 수 있는 인물은
아니다. '나'에게는 "우주"와 "소우주 인간"을 함께 아우를 수
있는 포용력이 있다. '나'는 "대동 세계"를 지향하는 "한가로
움"을 안다. 시인은 삶에 "저절로 되는 일"과 "아무리 뜻을 이
루려 해도 안 되는 일"이 섞여있음을 아는 사람이다. 그러므
로 독자들로서는 정동재를 "설득력"을 갖춘 "현자"로서 수용
할 수도 있겠다.

　　나의 죽음은 끈질긴 부덕함의 결과라고 K가 말했다
　　나의 삶은 끈질기게 부덕함을 두려워함이라고 J가 말했
　다. 의역했다

　　나의 죽이는 공부에 죽은 자들이 돌아와 끈질기게 나를
　죽이고
　　나의 살리는 공부에 산 자들이 찾아와 끈질기게 나를 살
　렸다. 인과의 법칙이 성립했다

나의 살리는 공부가 나를 영생에 이르게 한다는 명제가
도출됐다

죽어도 살지 못하고 죽어도 죽지 않는 인과의 대명제 앞
에서

석 달 열흘 눈물이 흘러내려

안부를 묻는다

거리를 벌려준 해와 달
거리를 좁혀준 나무와 새들
옷깃을 스치고 지나간 인연

숨 한 모금

모두

사랑합니다
　　─「살리는 공부」 전문

　정동재는 단순한 구도를 설정하여 인생의 본질을 탐구한
다. 그는 이번 시에서 "삶"과 "죽음"의 대비를 활용한다. 시
인에게 '삶'은 "산 자들"과 "살리는 공부"로 연결되고, '죽음'
은 "죽은 자들"과 "죽이는 공부"로 이어진다. 정동재가 '삶'계

열을 선택했다는 사실은 독자들에게 엄청난 감동으로서 다가올 테다. 그는 "해", "달", "나무", "새들" 등 자연을 소중하게 여긴다. 또한 시인은 "인연"의 가치를 높게 평가한다. 그에게는 "눈물"과 "안부"와 "숨"을 향한 공감의 마음이 열려 있다. "사랑합니다"라는 뜨거운 표현은 세상 만물을 향한 정동재의 '살리는 공부'가 앞으로도 "영생"을 지향하며 열렬히 지속될 것임을 암시한다.

詩를 시라고 바꿔 쓰고 나면

글로 목탁 소리 낼 수 있어 좋다

글로 찬성 소리 낼 수 있어 좋다

글로 그림 그릴 수 있어 좋고
글로 영화 찍을 수 있어 좋다

수작 한 편 쓴 것 같아 다시 살펴보면

정답 없는 수학 문제를 풀다
정답을 못 찾은 것 같아서 좋다

점 하나 찍은 마침표에서
11차원 우주 물리학 이끌어내는 것 같아 좋고

행간 한 줄로 시작되는

천국의 계단 기하학 연결한 것 같아 좋다

부족한 내가 시 한 편 쓰고 나면
부족한 내가 별 하나 그리고 나면

시가 내게

안부를 묻는 것 같아 좋고
서툰 사랑에
서툴러도 된다고 고백해 주는 것 같아 좋다

시 한 편 쓰다 보면
온전히 나를 이끌어주려 하신다
— 「시」 전문

　이 시에서 가장 긴요하게 쓰이는 어휘는 "좋다" 또는 "좋고"이다. 시인은 '좋다'를 6회, '좋고'를 3회 사용함으로써 이 작품에서 '좋다(좋고)'의 시학을 전개한다. 정동재가 '좋다'의 시학을 연출함으로써 지향하는 바는 '시' 또는 '글'의 본질이다. 그에 의하면 '시'에는 "목탁"이나 "찬송"으로서의 '종교'가 있고, "그림"이나 "영화"로서의 '예술'이 있으며, "수학", "물리학", "기하학"으로서의 '학문'도 있다. 우리는 이 시를 읽음으로써 종교, 예술, 학문의 총화로서의 시를 경험한다. 또한 시인이 추구하는 "우주" 또는 "별"로서의 시를 만난다.

　병간호 중에 돌아가신 아버지

아버지의 죽음으로 찾아든 죄책감
마음
이란 게 참으로 무섭다

(…)

1년이라 쓰고 봄여름 가을 겨울이라 읽는다

심장을 그리고 사지를 그린다

내 마음은 우주고 우주는 내 마음

양심은 춘하추동이어서 나를
농사 중이다

(…)
—「심령술사」부분

　"심령술사"는 신비하고 불가사의한 심적 현상을 일으키
는 기술을 전문적으로 가진 사람이다. 어쩌면 시인은 심령
술사와 닮은 사람일 수 있다. 시적 화자 '나'는 "아버지"의 "병
간호"를 수행하였으나 "아버지의 죽음"을 막지는 못하였다.
'나'는 "죄책감"을 실감하면서 "마음"의 무서움을 깨닫는다.
또한 '나'는 "내 마음"이 "우주"임을 인식한다. '나'에게 마음
은 '죄책감'에서부터 '우주'에 이르기까지 폭넓은 영역으로
서 위치한다. '나'는 '죄책감'을 "심장" 또는 "양심"과 연결하

면서 "1년"이라는 시간을 "봄여름 가을 겨울" 또는 "춘하추동"으로서 변경한다. '1년'이라는 차가운 숫자가 '봄여름 가을 겨울'이나 '춘하추동' 같은 따뜻한 이름으로 변화함으로써 '나'는 스스로의 "농사"를 진행한다. 정동재는 이 시에서 '심령'→'심장'→'마음'으로의 연쇄를 실천하고 '나'의 성찰과 반성을 지향한다. 이 시를 읽는 독자들도 자신의 마음을, 그것의 행로를 주목해야 할 일이다.

>
> 나의 전생은
> 지나치는 아지매 품에 안긴 하얀 털의 개 같다
>
> 나의 과거도
> 물고 물리는 개새끼의 생 그 연속이다
>
> 오늘을 개처럼 일하게 할 뜨는 태양이 개다
> 오늘의 기는 태양이 꼬리 내리는 역시 개다
>
> 태양은 해바라기 만드는
> 밥그릇이 경전 되게 하는 개 같은 견생이어서
>
> 우리는
>
> 개같이 벌어서 정승처럼 쓰자 했지만
> 일생 개집에서 벗어나지 못하고 쭈그리고 잠든 개새끼였다

태양 같은 주인님 앞
손 내밀어 악수도 하고 앉아 일어서기를 반복하고

기라면 기고 짖으라면 짖고
낯선 사람의 출현에 사나운 개처럼 짖어야 했다

가진 것이 적어서
낯익은 사람에게도 사납게 짖어야 하는 개처럼 살았다

별빛에 사람이 영글고

기실은 우주는 사람 말씀 놓치지 않고 귀담아듣고 계신다

적어도

태양을 멈춰 세워야 한다
— 「태양을 멈춰 세워야 한다」 전문

   중년中年 이후의 나이에 접어든 사람은 때때로 인생을 되돌아본다. 시적 화자 '나' 역시 그러하다. '나'는 지나간 인생을 "나의 과거" 또는 "나의 전생"이라는 이름으로 부른다. 잊어버리고 싶은 일들이 많은 아득한 '나의 과거'는 "개", "개새끼", "개집" 등으로 점철된 "견생"이었다. '나'가 스스로의 인생을 '개'와 관련된 일련의 어휘로 채운 이유는 무엇인가? '나'는 불만스러운 과거의 인생을 '개'에 비유하고 있다. 곧 '나'는 '개새끼'가 되고, '나'의 집은 '개집'이 되며, '나'의 인생

은 "개새끼의 생" 또는 '견생'이 된다. 이 시에서 '개'로서의 '나'와 대비되는 대상은 "태양"이다. '태양'은 '나'를 "개처럼 일하게" 하는 "주인님"이다. '태양'이 떠 있을 때, '나'는 "개처럼 짖어야 했"고, "개처럼 살았다" '태양'은 위압적인 '주인'이 되어 '나'를 '개'처럼 억압한다. 반면 "별빛"과 "우주"는 '나'를 포함한 "사람"에게 따뜻한 온기를 불어넣는다. 정동재의 제안처럼 우리는 앞으로 "태양을 멈춰 세"우고, 빛나는 '별빛' 과 광활한 '우주'를 찾아야겠다.

1% 영감과 99%의 노력이라는 말은 발에 차이는 흔한 돌이다

날아와 머리통 후려친 이 돌이 내 인생의 시발점이다

정확히 1%의 영감이 그 돌이다

홍익인간 뜻 받들어 돌들을 이끌고 가 산업혁명 도화선이 되었을 돌

서양에서 다시 제집으로 찾아들었을 돌

하느님이 보우하사 정동재 만세라는 돌

지구를 말안장에 앉힌 강남스타일이라는 돌

세계를 들었다 놨다 하는 BTS 블랙핑크 기생충 오징어

게임이라는 돌

한국어가 세계 공용어가 될 것이라는 돌

하늘이 내리셨다는 한글이라는 돌

김치 깍두기 비빔밥 불고기 천국의 맛이라는 돌

문화강대국이 곧 일류국가라는 김구라는 돌

더딘 세상

원수도 사랑해 준다는 명부冥府전에 복덕을 벌어줬다는
명목이라는 돌
　　　　　　—「돌의 세계 일주」 전문

　이 시를 지배하는 어휘는 "돌"이다. "돌(들)"은 이 작품의
제목과 본문에서 15회 출현하였다. '돌'이 담당하는 영역은
매우 포괄적이다. '돌'은 "1% 영감과 99%의 노력이라는 말"
이나 "홍익인간"과 같은 "세계"의 유의미한 표현을 가리키기
도 한다. 눈에 띄는 바는 "한국어", "한글", "문화강대국" 등
'한국'을 향한 지향성이다. 시인이 제안하는 대상으로서의
'돌'은 "서양"과 '한국'을 아우르는 '세계'를 포괄한다. 필자는
이 시에서 가장 인상적인 대목으로서 6연의 어구 "하느님이
보우하사 정동재 만세라는 돌"을 꼽고 싶다. 여기에는 '한국'
의 국가國歌로서의 애국가愛國歌가 잠재되어 있고 동시에 스

스로를 향한 정동재의 감정 또는 느낌이 위치한다. 독자들은 이 표현을 읽으며 '자신감', '자존감', '자기 효능감' 등을 확인할 수 있다. K-Pop, K-Culture 등을 넘어서는 K-Poem의 시대가 이렇게 출발한다.

쟁기질 중인 저 소는 순백의 화합물이다

등짐을 벗고 화합물에서 벗어난 시간
밤별을 외양간에서 들이고 앉아
또다시 뿔난 황소의 전진 되새김질이다

염소 질소 수소 산소도 일심동체가 되고 싶었던 게다
사실 소였던 게다

굴레 쓴 소처럼
들녘을 가로지르는 뿔난 소가 되고 싶었던 게다

미세먼지 가득한 이 도시 저 산야에서
대기를 가르며 올라 구름으로 쟁기를 끌었던 게다

하늘 이야기 눈비로 써 내리며
사람 사는 이야기 늘 같이 하고 싶었던 게다
—「들녘에 뿔난 소처럼」 전문

시인은 "소"와 관련된 다양한 어휘에 집중한다. "뿔난 소", "저 소", "황소", "굴레 쓴 소" 등은 동물로서의 '소'를 가리키는 다채로운 사례이다. 정동재가 이 시에서 지향하는 '소'는 단순한 동물에 머무르지 않는다. 그가 포괄하는 '소'의 영역에는 "염소", "질소", "수소", "산소" 등 화학과 관련된 원소들이 가득하기 때문이다. 독자들은 이제 동물이자 원소로서의 '소'를 목도하게 된다. 우리는 시인이 이번 시에서 제시하려는 진정한 메시지를 5연과 6연에서 찾을 수 있다. 그것은 "도시", "산야", "대기", "구름", "하늘", "눈비", "사람" 등의 어휘로 구체화한다. 정동재는 이 시에서 인간과 자연의 교감 또는 소통을 '소'를 활용하여 성공적으로 포착하고 있다.

시도 그렇다

특히 내가 그렇다

인위적 위력 몸이 먼저 느낀다

읽을수록 술술 목구멍 넘기지 못한 행간이 입에 걸려 뱉어진다

뱉어진 가래처럼 생떼 부리다 누군가의 시간을 갉아먹다가
폐기처분으로 어설픈 죗값 치른다

힘깨나 들어간 목에 힘 빼라 하신다

퇴고하고 또 퇴고하라

검증하고 또 검증하라 하신다
　　— 「L-글루탐산나트륨이라고 불러줘」 부분

　독자들에게 읽는 재미를 제공하는 시들이 있다. 정동재의
이번 시 역시 그러한 유형에 속한다. 이 시는 단순함을 뛰
어넘는 복합성을 지향한다. 시인이 지향하는 복합성은 2개
의 계열로 구획된다. 하나의 계열은 "MSG" 또는 "L-글루탐
산나트륨"으로 구성된다. 'MSG'는 "과거" 또는 '원래 이름'
이고, 'L-글루탐산나트륨'은 '현재' 또는 "새로운 이름"이다.
정동재는 '과거'가 '현재'로 바뀌고, '원래 이름'이 '새로운 이
름'으로 변하는 현상에 주목하면서 다른 하나의 계열을 생각
한다. 그것은 "시"와 '나'로 구성되는 계열이다. '예술'로서의
'시'에도 변화가 있고, '인간'으로서의 '나'에게도 변화가 있다
는 사실은 긴요하다. 이 시를 읽는 이들에게 시인이 제안하
는 "퇴고하고 또 퇴고하라", "검증하고 또 검증하라"라는 진
술은 유의미할 수 있다. '퇴고'를 거듭하면서, 또 '검증'을 반
복하면서 '새 이름'을 발견하는 일은 모든 이에게 필요하기
때문이다. 그리하여 독자들이여, 이제부터는 'MSG'라고 부르
지 말고 'L-글루탐산나트륨'으로 부르자!
　정동재의 제2시집 『살리는 공부』를 10편의 시를 중심으
로 점검하였다. 그의 시 세계를 이야기하기 위한 키워드에는
'반복'이 있을 테다. 시인은 다수의 시편에서 긴요한 어휘를
반복적으로 활용하는 경향이 있다. 정동재의 시는 '음악성'
을 중요하게 활용하면서 단호하고 선명한 '메시지'를 제공
한다. 그는 문장이나 표현의 다양한 색채를 세공하는데 힘

을 쏟는 대신 우리가 두 발을 딛고서 살아가는 지상地上이 천국天國과 같은 완전한 공간임을 알려준다.

정동재는 「퍼런 감」이라는 시에서 "우주"와 "소우주 인간"을 아우르고 "설득력"을 구비한 "현자"를 제안한다. '우주'라는 시어는 「주문」, 「시」, 「심령술사」, 「태양을 멈춰 세워야 한다」 등 시인의 다른 시편에서도 자주 노출된다. 마르쿠스 아우렐리우스Marcus Aurelius는 '우주'와 관련하여 이렇게 이야기하였다. "자신과 조화롭게 사는 사람은 우주와 조화롭게 산다.(He who lives in harmony with himself lives in harmony with the universe.)" 마르쿠스 아우렐리우스가 언급한 '자신과 조화롭게 사는 사람'은 정동재의 시에서 '소우주 인간'에 대응한다. 또한 철학자가 가리킨 '조화'는 시인의 '설득력'에 해당한다. 정동재가 이번 시집에서 형상화하는 시 세계는 독자들에게 '우주'와 '인간'의 조화를 설득력 있게 제공한다. 필자는 리듬감을 중요시하는 현자의 우주론宇宙論이 앞으로도 지속적으로 꽃필 수 있기를 희망한다.

정 동 재

정동재 시인은 서울에서 태어났고, 2012년 계간 『애지』로 등단했으며, 시집으로는 『하늘을 만들다』가 있다. 그의 첫 번째 시집인 『하늘을 만들다』가 상징과 은유, 풍자와 해학을 통하여 자기 자신만의 새로운 시세계(하늘)를 창출해냈다면 그의 두 번째 시집인 『살리는 공부』는 그의 '삶의 철학'을 통하여 '우주'와 '인간의 조화'를 역설한다.

'만듦(창조)'에서 '삶의 실천', 즉, 이론철학에서 실천철학으로 그의 시 쓰기와 삶의 운행을 진전시켜온 것이고, 따라서 그토록 깊이 있고 아름다운 '살리는 공부의 세계'를 펼쳐 보이고 있는 것이다. 모든 시인은 영원한 학생이고, 영원한 학생은 제일급의 시인으로서 영원한 스승의 길을 가게 된다. 앎(시쓰기)은 끝이 없고, 이 앎에의 의지가 있는 한, 정동재 시인의 삶은 행복으로 충만하게 될 것이다.

이메일   qufdlthsus29@daum.net